Hans Sachs, Edmund Goetze

Der hürnen Seufrid, Tragoedie in sieben Acten

Antigonos

Hans Sachs, Edmund Goetze

Der hürnen Seufrid, Tragoedie in sieben Acten

Unveränderter Nachdruck der Originalausgabe von 1880.

1. Auflage 2024 | ISBN: 978-3-38692-318-7

Antigonos Verlag ist ein Imprint der Outlook Verlagsgesellschaft mbH.

Verlag: Outlook Verlag GmbH, Zeilweg 44, 60439 Frankfurt, Deutschland, info@outlook-verlag.de
Vertretungsberechtigt: E. Roepke, Zeilweg 44, 60439 Frankfurt, Deutschland
Druck: Libri Plureos GmbH, Friedensallee 273, 22763 Hamburg, Deutschland

Der hürnen Seufrid

Tragoedie in sieben Acten

von

Hans Sachs.

Zum ersten Male nach der Handschrift
des Dichters herausgegeben.

Halle a/S.

Max Niemeyer.

1880.

Neudrucke deutscher Litteraturwerke des XVI. und XVII. Jahrhunderts
No. 29.

Seit der Mitte des 15. Jahrhunderts wurden ältere Dichtungen der deutschen Sage durch den Druck verbreitet. Verhältnismässig gering aber war das Interesse, das die Schriftsteller der unmittelbar folgenden Zeit ihnen entgegenbrachten. Die reckenhafte Lust am Ringen und Kämpfen passte wenig zu den lehrhaften Tendenzen des Reformationszeitalters.

Nur in der vorliegenden Tragoedie, dem hüernen Sewfrid, hat Hans Sachs, der die Stoffe zu seinen Dramen und Gedichten aus einer grossen Menge von gleichzeitig erschienenen Schriften entlehnte, die altdeutsche Heldensage poetisch verarbeitet, während er in einzelnen Anführungen oder Vergleichen oder sprichwörtlichen Redensarten Bekanntschaft mit derselben zeigt. Wahrscheinlich hatte die poetische Form der alten Lieder den Dichter abgehalten, sie in poetischem Gewande, in Spruchgedichten oder Meistergesängen, zu verjüngen.

Wenn also der heroische Stoff dieser Tragoedie des Hans Sachs eine erhöhte Bedeutung verleiht, so hätte mich freilich die Behandlungsweise, welche er diesem Stoffe in dem dramatischen Gedichte angedeihen liess, nicht vermocht, dasselbe neu herauszugeben. Auch der Sagenforschung kommt die Handschrift nicht zu Hilfe. Die Frage, nach welcher Quelle der dritte Theil, der Tod Siegfrieds, gearbeitet ist, bleibt immer noch unbeantwortet. Jakob Grimm sagt zwar, und ihm folgt Bruno Philipp in seiner Dissertation: Zum Rosengarten (Halle 1879) § 9, dass Sachs seine Tragoedie nach dem Nürnberger Gedichte d. i. nach dem in Nürnberg ungefähr 1530 gedruckten Siegfriedsliede eingerichtet habe. (Vgl. von der Hagen und

Primisser. der Helden Buch in der Ursprache, 2. Theil, Berlin 1825. 4°.) Als selbstverständlich wird dabei angenommen, dass für den Kampf zwischen Dietrich von Bern und Siegfried „der grosse Rosengarten“ (gedr. im Quartheldenbuch, 1. Theil, Berlin 1820) Vorlage gewesen. Diese zwei Quellen also habe Sachs für seine Tragoedie benutzt. Ich glaube aber, dass Wilhelm Grimm in seiner Heldensage Recht hat, drei Quellen, für jeden Theil eine besondere, anzunehmen. Tittmann schliesst sich in seiner Einleitung zu den Dichtungen von Hans Sachs, 3. Theil, Leipzig 1871, ihm an. Nach ihnen hat Sachs für den ersten Theil, Siegfrieds Kampf mit dem Riesen und Befreiung der Kriemhild von dem Drachen, das genannte Lied von Siegfried vor sich gehabt. Wohl erlaubte er sich einzelne Abweichungen, sie sind aber ohne Belang. Wenn bei ihm der Drache Kriemhilden entführt, als sie allein an des schloß zinnen steht, von wo aus sie dem Turniere zuschauen wollte, während sie im Liede, als der Drache aus den Lüften kam und sie raubte, in einem Fenster stand, ohne dass vom Turniere vorher die Rede gewesen, so ist der Unterschied wenig erheblich. Dass Kriemhildens Mutter, die das Siegfriedslied gar nicht erwähnt, in der Tragoedie vor Leid über das grausame Schicksal ihrer Tochter stirbt, ist eine schöne Zuthat des Dichters, die ihm bei seiner Begabung doch zuzutrauen ist, ebenso wie die Ankündigung des Zwerges Engelein bei dem König Gibich, dass seine Tochter durch Siegfried gerettet worden sei und mit ihm heimkehre.

Ganz anders beim dritten Theile. Im Siegfriedsliede lauten die Strofen 177 und 178, die uns den Tod des Helden erzählen:

Also die drey jung Künge   Seyfriden trügen haß
Biß das die zwar geschwigen   Vollendten beyde das
Das Seyfrid todt gelage   Ob eynem prunnen kalt
Erstach in der grymmig Hagen   Dort auff dem Otten waldt.

Zwischen den seynen schultern   Vnd da er fleyschend was
Do er sich kült im prunnen   Mit mund vnd auch mit naß
Sie warn der Ritterschaffte   Geloffen in ein gsprech
Do wurd es Hagen befolhen   Das er Seyfrid erstech.

Sachs dagegen lässt Hagen den Siegfried im Schlafe mit einem Dolche erstechen, der dann von Kriemhilden als ihrem Bruder gehörig erkannt wird. Diese Aenderung des Dichters bloss dadurch zu erklären, wie Philipp es thut, dass er gewiss aus der ausgehobenen Stelle keine bestimmte Vorstellung von dem Hergange erhalten und deshalb etwas Selbständiges an die Stelle gesetzt hätte, ist an und für sich schon nicht genügend. Wenigstens erkennt man doch aus dem Liede, dass Siegfried wachend ist, als Hagen ihn tödtet. Die Nöthigung zu seiner Darstellungsweise kam dem Dichter wie so häufig von aussen her, und der Beweis, den Wilhelm Grimm dafür anführt, dass hier eine andere Quelle als das Siegfriedslied vorgelegen haben muss, erscheint mir unanfechtbar. Er erinnert daran, wie nach der nordischen Sage der Held auch im Schlafe erstochen wird und wie diese Auffassung bei Hans Sachs in Verbindung mit der Nibelunge Not aufträte, dass nämlich Siegfried an dem Brunnen unter der Linde erstochen werde. Von einer Linde aber ist bei dieser Gelegenheit in dem Siegfriedsliede nicht die Rede. So bleibt die Frage nach der Vorlage für den dritten Theil des Dramas auch in dieser Ausgabe eine offene.

Da es unthunlich erscheint, sämmtliche Tragoedien des H. Sachs in die Sammlung der Neudrucke aufzunehmen, so ist ausser wegen des stofflichen Interesses, das vorliegende Stück zunächst gewählt worden, weil die Handschrift (S) von der Ueberlieferung durch den Druck vielfach abweicht und weil man gerade an den Abweichungen deutlich erkennen kann, dass der Dichter an der Zahl von acht Silben für einen Vers mit männlichen, und mit neun Silben bei weiblichem Ausgange festgehalten hat. Das Bestreben diese Zahl zu erfüllen, ist seit der dritten Ausgabe Sachsischer Werke (C) unverkennbar. Von demselben geleitet hat Tittmann auch überall da Silben eingeschoben, wo in den späteren Ausgaben die Verse unvollständig waren, oder Wörter verkürzt, wenn die Zahl der Silben das Mass überschritt, mit Ausnahme von V. 80. 811. 1057. Wichtig jedoch erscheint, dass schon der Dichter selbst es nicht dem Leser überlassen wollte, den Forderungen des Versmasses gerecht zu werden.

Wenn also z. B. Tittmann im 323. Verse llnbc statt des von allen Drucken gegebenen Vnd schreibt, so befindet er sich insofern mit dem Dichter in Uebereinstimmung, als auch bei diesem der erwähnte Vers neun Silben hat. Daher habe ich auch mit Tittmann im 310. Verse die überflüssige Silbe ausgemerzt und meinr geschrieben, wenngleich S meiner hat, und in mehreren Versen Wurmes gesetzt statt des von der Handschrift gebotenen Wurms.

Da die Ausgabe wie die der Fastnachtspiele und der Schwänke den Anspruch erhebt, überall da wo sie von den früheren abweicht, das Ursprüngliche zu geben, so könnte ich mich jeder weiteren Einzelbemerkung über die Aenderungen enthalten und einfach auf eine Vergleichung mit den alten Ausgaben und auf die folgenden Varianten hinweisen. Die Handschrift des Dichters gibt indessen, obgleich sie auf den ersten Blick durchaus klar und deutlich erscheint, an einzelnen Punkten Räthsel auf. Zwei derartige fragliche Stellen will ich ausführlich behandeln.

In der Klage der Kriemhild am Anfange des 3. Aktes lautet V. 359 nach dem ersten Nürnberger Drucke (A)

Ich red von funiglichen Sachen.

Die Handschrift bietet das Adjektiv in folgender Form: zu Anfang steht ein langgezogenes v, das auch für f zu lesen ist; danach folgen vier Grundstriche und der Schluss glichen. Bei flüchtigem Ansehen konnte der Schreiber, der die Abschrift für die Druckerei fertigte, sehr wohl das Wort funigslichen herauslesen; freilich schreibt Sachs fast jedesmal funiglich oder funiclich, aber es gibt doch Ausnahmen: ich habe mehrmals (B. 8, 252,₂ der Kellerschen Ausgabe und V. 80, 123 und 651 unserer Tragoedie) funiglich mit g im Manuscripte gefunden. Indes der Zusammenhang im Verse fordert ein anderes Wort, und das Wortbild, das die Handschrift zeigt, kann anders gelesen werden. Kriemhild klagt über ihr Geschick, dass sie von dem Drachen gefangen gehalten werde; wüssten ihre Brüder, wo sie sich befände, dann würden sie gewiss zu ihrer Befreiung herbeieilen. Solche Gedanken schlägt sie sich jedoch gleich wieder aus dem Sinn;

denn Rettung ist ja unmöglich. Und so glaube ich den Vers richtig gelesen zu haben: Jch reb von vnmůglichen sachen. Dass anstatt der sieben Grundstriche nur vier wirklich geschrieben sind, ist bei Hans Sachs nicht auffällig. Seine schreibgewandte Hand liess es oft bei wenigen Grundstrichen bewenden, wenn mehr nöthig waren. Im Verse 380 stehen von den geforderten sieben in vnmuet auch nur vier auf dem Papiere. Und auf der 508. Seite desselben 13. Bandes (Keller-Goetze), in dem der hüernen Sewfrid enthalten ist, steht das Wort vnmůglich Zeile 26 schon in der ersten Ausgabe und ist in der Handschrift ganz so wie an unsrer Stelle geschrieben, nur dass ganz leise angedeutet dariiber das Häkchen den Umlaut bezeichnet.

Wie hier zu wenig Grundstriche, so hat Sachs wahrscheinlich an einer anderen Stelle zu viel geschrieben. Im 443. Verse sieht das Adjektivum folgendermassen aus: Auf einen langgezogenen Strich und darangeschlossenen Haken (t oder k) folgen fünf Grundstriche mit dem Umlautshäkchen über den beiden ersten, den Schluss bildet die Silbe er. Danach zu lesen tumer, fumer oder tůmer, fůmer. Alle Drucke geben thumer. Gegen diese Lesung, welche also h nach t einsetzt, wäre, wenn man den Zusammenhang in Betracht zieht, wohl nichts einzuwenden. Der Zwerg nennt zwar Siegfried, der auf den Drachenstein steigen und den Drachen bekämpfen will, mit Staunen einen kühnen Helden in der Anrede. Trotzdem kann er ihn unbesonnen schelten, weil er den Kampf für zu ungleich hält. Aber die Handschrift schreibt ausnahmslos thum mit h. Man vergleiche den 121. Vers oder Band 13 (Keller-Goetze), S. 90,17. Folglich dürfen wir dieses Wort hier nicht voraussetzen. Ich habe fůner vermuthet und kann auf den Einwand, dass im Mannscripte ja m statt n stehe, mit dem Hinweis auf viele andere Stellen antworten, wo S einen Strich zu viel gibt; V. 630 z. B. steht wiltmus. Eine Vergleichung mit dem ganz in der Nähe stehenden fůnen (V. 442) zeigt überdies, dass der Anfangskonsonant auch f gelesen werden kann, und für den Zusammenhang passt das Wort ganz gut.

Der Text ist abgesehen von den aus dem Vorigen sich ergebenden Ausnahmen und von den unten aufgezählten

Varianten genau der der Handschrift, weil es eine Normal-orthographie für die Schriften des 16. Jahrhunderts nicht gibt und nie geben wird und weil doch vielleicht ein Fehler, wie ich eben einen besprochen, noch irgendwo verborgen liegt, den ein Glücklicher entdeckt, wenn er sich darauf verlassen kann, in dem Abdruck eine getreue Wiedergabe der Sächsischen Niederschrift zu haben.

Nur für die Anfangsworte im Verse sind dem heutigen Gebrauche entsprechend grosse Anfangsbuchstaben angewendet; ebenso für die Eigennamen. Diese habe ich auch alle gleichmässig geschrieben, während in der Handschrift Schwankungen vorkommen; S hat z. B. V. 274 Giebig. Ausdrücklich hebe ich jedoch hervor, dass Günther, Gernot, Hagen sich so schon in S finden.

Zu Anfang steht bei S 14 Perſonen, am Ende sind auch nur so viele aufgezählt, dabei aber die eben genannten drei Brüder der Kriemhild weggelassen.

V. 80 S fünglich, B föniglich; V. 114 S fehlt noch, nach C ergänzt; in der Bühnenanweisung nach V. 159 habe ich Er get auch ab hinzugefügt. Ferner hat V. 183 S wier; V. 231 S Groſmechtiger, mit Tittmann Groſmechtger; S eur, A ewrn; V. 286 S der her; V. 303 S Sз iſ; V. 320 S ernholt, mit Tittmann erenh.; V. 338 S ein; V. 373 S gering; V. 412 S got wifumb; V. 449 S wege, A weg; V. 470 S erſchrecklichern; V. 482 S gfangen; V. 511 S ſolln; V. 555 S hülff; vor V. 575 fehlt in S: ein ort; V. 580 S eyſern; V. 606 S gern; V. 648 S vater, mit Tittmann vatr; V. 655 S fehlt hie; S erberben; V. 683 S Der halben; V. 684 S damit, A mit; V. 739 fehlt in S, nach C ergänzt; V. 745 S whrt; V. 759 S trachen; V. 766 S entgegn; V. 771 S ir rawff; V. 790 S jarn; V. 813 S zwöff; V. 816 S trachn; V. 819 S Zerzſchalz; V. 823 S vnd ben wuermen; V. 828 S Dietlich; V. 860 S welchelant; V. 867 S laſſn; V. 871 S wapmaiſtr; V. 947 S fehlt er; S geſchtrecket; V. 953 S hern; V. 959 S maiſtr; in naeh vmbſecht fehlt S; die Bühnenanweisung vor V. 994 fehlt S; V. 1003 S vnſer; V. 1006 fehlt dem in S; V. 1019 S ſe; V. 1020 S vnſer; V. 1049 S mich; V. 1113 S fehlt gar; V. 1137 S hochmüetigem.

Dresden-Neustadt.

Edmund Goetze.

Ein Tragedj mit 17 personen:
Der hüernen Sewfrid,
vnd hat 7 actus.

Der herolt drit ein vnd spricht:

Hail vnd glück sey den erenfesten,
Edlen vnd auserwelten gesten,
  Den erbern herrn vnd zuechting frawen   [Bl. 340]
Vnd all, so wöllen hörn vnd schawen
5 Ain wunderwirdige historj,
Wol zw pehalten in memorj,
Von ainem kung im Niderlant,
Der künig Sigmund wart genant.
Der het ain sun, der hies Sewfrid,
10 Welcher all höfflikait vermid,
An siten, tuegent vnd verstant,
Grob, starck vnd ernstlich mit der haut;
Erschlueg ain trachen mit der hent
In wildem wald vnd in verprent.
15 Des trachens horn zerschmolz darnach,
Flos aus dem fewer wie ain pach;
Darmit schmirt Sewfrid seine glieder,
Vnd als das horn erkaltet wider,
Von dem sein hawt ganz hüernen wart.
20 Künig Gibich het ain dochter zart
Zu Wurms am Rein, die hies Crimhilt,
Die füeret hin ain trache wilt
Auf ein gepirg, vnmenschlich hoch.
Der hüernen Sewfrid dem nach zoch,

2

25 Do im ein zwerglein weisset das,
Wie wol ain ries darwider was,
Den er pestrit zum virden mal.
Entlich in rab stüerzt in das thal.
Nach dem erst mit dem trachen kempfet,
30 Den er mit not selet vnd dempfet;
Die junckfraw er haim füeren thet,
Mit ir ain küncklich hochzeit het.
Nach dem wart von Crimhilt, der zarten,
Geladen in den Rosengarten
35 Gen Wurms an Rein Ditrich von Pern,
Der kam da hin willig vnd gern
Vnd kempft mit dem hüernen Sewfrid. [Bl. 340]
Erstlich er forcht vnd schrecken lied,
Doch durch list seins maisters Hiltprant
40 Mit kampff den Sewfrid vberwant,
Den doch Crimhilt vom dot eret,
Dietrich von Pern pegüeting thet;
Doch ir prüeder aus neid vnpsunnen
Erstachen schlaffent pey aim prunnen
45 Iren schwager Sewfrid darnach,
Den Crimhilt schwuer ain schwere rach.
Wie dis als gschach mit werck vnd wort,
Wert ir örnlich an diesem ort
Hören vnd sehen in dem spiel.
50 Darumb seit fein zuechtig vnd stil,
Ist pitlich vnser aller wil.

Der ernholt get ab.

Künig Sigmund aus Niderlant get ein
mit zwayen retten, sezt sich
trawrig nider vnd spricht:

Ir liebn getrewen, gebet rat,
Got mir ain sun pescheret hat,
Welcher nach mir regiren sol,
55 Der sich darzv nit schicket wol,
Ist gar vnadelicher art,
Helt zwcht vnd tuegent widerpart,
Ist frech, verwegen vnd muetwillig,
Starck, rüedisch vnd handelt vnpillig;

60 Gar kain höfflikait wil er lern;
Es stet all sein gmüet vnd pegern
Allein zu grobn, pewrischen dingen,
Zu schlahen, lauffen vnd zu ringen
Vnd von aim lande zu dem andern
65 Eben gleich aim lautfarer wandern;
Auf solch grob sach legt er sein sin.

Dietlieb, der erst rat, naigt
sich vnd spricht: [Bl. 341]

So last ein zeit in zihen hin,
Die laut hin vnd wider peschawen,
Das ellent versuechen vnd pawen,
70 Die weil er noch ist jung an jaren,
Vngenietet vnd vnerfaren.
Last in in der frembd etwas nieten,
Die frembt lert guet tuegent vnd sieten
Vnd helt die jugent in dem zaum,
75 Lest in nit all zu weiten raum
Vnd thuet auch oft die jugent zihen,
Das sie vnart vnd laster fliehen
Pas, den wen sie da haimen wern.

Hortlieb, der ander rat, spricht:
Ja, weil Sewfrid das thuet pegern,
80 Eur küniglich mayestat sun,
Solt ir in dem im folgen thun,
In etwan schicken in Franckreich
Oder in Spania der gleich,
Da er auch sicht anderß hoffhalten,
85 Wie man ist der höfflikeit walten
Mit rennen, stechen vnd thurniren,
Mit jagen, hezen vnd hoffiren
Von den ritern vnd edlen allen;
Das wirt im den auch wol gefallen.
90 Dardurch von grobheit er erwacht,
Wirt den auch ertig vnd geschlacht,
Als den gepürt ains künigs sun.

Künig Sigmund spricht:
Nun, eurem rat wil ich folg thun,

4

Wil in nauff schickn gen Wurms an Rein,
95 An künig Gibichs hoff allein,
Da selb hab wir in an der hant
Pey vnsrem hoff im Niderlant!
Da wöllen wir in schicken zv.
Ernholt, Sewfriden, pringen thw!

Der herolt naigt sich, get ab, [Bl. 341']
pringt Sewfrid, des künigs sun.
Der künig spricht:

100 Sewfrid, mein aller liebster sun,
Wir wollen dich iz schicken thun
Hinauf gen Wurmes an den Rein,
Zw küng Gibich, da dich allein
Pelaitten soln auf hundert man,
105 Alle von adel wol gethan.
Dar zv gib ich dir klainat, gelt,
Das dw zw hoff dort obgemelt
Magst adelich vnd hofflich leben,
Andern künig sün gleich vnd eben.
110 Auf die rais schick dich, lieber sun.

Sewfrid, des künig sun, spricht:

Herr vater, das wil ich pald thun;
Darzw darff ich kain guet noch gelt,
Wie dw izunder hast gemelt.
Ich pin starck vnd darzv noch jung,
115 Wil mit der hant mir gwinen gnung.
So darff ich auch nach deim peschaid
Kein hoffgesind, das mich pelaid.
Möcht wol sehen drey fraidig mon,
Die mich nur derfften grewffen on.
120 Albe, ich zeuch allain dahin,
Wo mich hin tregt mein thumer sin.

Der künig spricht:

Das glaid wol wir dir geben naus
Für das künigliche hoff haus.

Sie gent alle ab.

Der schmid vnd sein knecht
gent ein, der schmid spricht:

Wir sint heut zu spat auf gestanden.
125 Was wöl wir nemen vnter handen?
Wollen wir heut von erst dem wagen
Die reder mit schineissen pschlagen,
Oder wol wir hueff eisen schmiden   [Bl. 342]
Dem müellner fuer sein esel niden,
130 Oder was woll wir erstlich machen?

Der schmidknecht spricht:

Maister, so rat ich zu den sachen,
Wir wöllen erstlich eysen schrotten;
Vnser pfleger hat raus entpoten,
Wir müesen seine hengst peschlagen
135 Auf hewt, so pald es nur sey tagen.

Der schmid spricht:

Nun so plas auf, vnd halt palt ein!
Schaw, wer klopft, wil zu vns herein?
Sewfrid klopft.

Der knecht spricht:

Ich wil lawffen vnd im auf ton.
Maister, es ist ein junger mon.

Sewfrid get ein vnd spricht:

140 Glueck zu, maister! verste mich recht,
Derffstw nit hie noch ain schmid knecht?
Sag an, wiltw mir arbeit geben?

Der schmid spricht:

Ja, dw kumest mir recht vnd eben,
Wen dw wolst waiblich schlagen drein
145 Vnd nit farlessig, noch fawl sein,
Ich wil ain tag versuechen dich.

Sewfrid spricht:

Gib her ain hamer, versuech mich;
Pin ich faul, so thw mich ausjagen.

Der schmid geit im ain hamer, spricht:

Nem den hamer, thw mir aufschlagen,
150 So wöllen wir das eyssen zainen.

Sewfrid spricht:
Ey, was gibst mir so ainen klainen
Hamer? ein grosen wil ich füern.
    Der schmid geit im ain grosen hamer.

Sewfrid spricht:
Ja, der thuet meiner sterck gepüern.
    Sewfrid thuet ain grawsamen
    schlag auf den ampos.

    Der schmid spricht: [Bl. 342ᵃ]
Ey, das aufschlagen daug gar nicht.

    Sewfrid spricht:
155 Habt ir mich doch for vntericht,
Sol nit sawl sein, waidlich drawff schlagen?
Das hab ich thon, was thustw clagen!

    Der knecht spricht:
Mich dunckt, dw seist nit wol pey sinnen.

    Sewfrid spricht:
Halt, halt, das soltw werden innen!
    vnd schlecht mit dem hamerstil
    maister vnd knecht hinaus.

            Er get auch ab.

    Die zwen kumen wider, der schmid spricht:|
160 Wie wöll wir dieses knechz abkumen?
Er het uns schir das leben gnumen,
Er ist werlich des dewffels knecht.

    Der schmidknecht spricht:
Maister, ich wil euch ratten recht,
Schickt den knecht in den walt hinaus,
165 Sprecht, darin halt ein koler haus;
Gebt im ain korb vnd haist in holn
Ein korbfol gueter aychen koln.
Pald er den hinein kumpt in walt,
So wirt in den erschmecken pald
170 Der trach, der in der hollen leit,
Wirt in ergrewffen zv der zeit

Vnd in mit seinem schwanz verstricfn,
Würgen vnd in sein rachen schlicfn;
So kum wir sein mit eren ab.

Der schmid spricht:

175 Gleich das ich auch pesunen hab.

Der schmid schreit:

Sewfrid, kum rein, mein lieber knecht.

Der Sewfrid spricht:

Was wiltw mein? das sag mir schlecht.

Der schmid geit im den korb, spricht:

Nem diesen korb vnd thw vns holn
Dort im wald pey dem koler koln,
180 Der wonet dort in jem gestreus,
Vnter dem pirg in seim gehews.   [Bl. 343]
Kum auf das peldest wider schier,
Auf das den sueppen essen wir.

Der Sewfrid spricht:

Ja, wen ich het adlers gefider,
185 So wolt ich gar schnell kumen wider.
                 Sewfrid nembt den korb, get ab.

Der schmid spricht:

Ob got wil, wirst nit wider kumen!
Es wirt dein leben dir genumen
In dem wald von dem gifting trachen.

Der schmidknecht spricht:

Maister, wir wölln vns anshin machen
190 Vnd gar von ferren sehen zu,
Wie in der trach verschlicken thw,
Das wir den vor im haben rw.
                 Sie gent paide ab.

Actus 2.

Sewfrid
kumpt mit dem korb, get hin vnd wider, rett mit im selb:

Ich suech im wald hin vnde her,
Doch sich vnd find ich kain koler.
195 Ich sich in dem gestrews dort wol
Ein finster, dieff, staineres hol;
Vileicht der koler wont darin,
Zw dem ich her geschicket pin.

Sewfrid
get, schawt ins hol. Der trach schewst heraus auf in, er schüzt
sich mit dem korb, darnach mit dem schwert, jagen einander umb,
der trach geit die fluecht, lauffen paid ab. Daus macht Sewfrid
ain rawch, sam verprenn er den trachen vnd
get darnach wider ein vnd spricht:

Sol ich nit von grosem glüeck sagen?
200 Ich hab den grossen wurmb erschlagen,
Nach dem mit esten in verprent;
Da ist zerschmolzen an dem ent
Sein horn vnd zusamen gerunnen,
Gleich wie ein pechlein aus eim prunnen. [Bl. 343']
205 Das wundert mich im herzen mein
Vnd daucht mit ainem finger drein,
Vnd als der ist erkaltet worn,
Da wart mein finger lawter horn;
Des frewt ich mich vnd zog zuhant
210 Von meinem leib all mein gewant
Vnd also mueter nackat mich
Mit diesem warmen horn pestrich.
Des pin ich gleich hinden vnd forn
An meiner hawt ganz hüernen worn,
215 Darauff kain schwert nit haften kan.
Des gleicht mir iz auf ert kein man,
Des mag ich vurpas weiter nit
Mein leben füeren pey dem schmit;
Wil mich abton meinr groben weis,
220 Hoffzuecht leren mit allem fleis.

Ich wil den nechsten auf Wurms fragen
Ans künigs hoff; wan ich hör sagen,
Er hab ein dochter, schon vnd zart,
Crimhilt, ganz holtseliger art;
225 Ob ich die selb erwerben kund,
Das erfrewt mir meins herzen grund.

Sewfrid get ab.

Künig Gibich
get ein mit seinem herolt
sezt sich nider vnd spricht:

Herolt, ge ins frawen zimer nein
Vnd sag der liebsten dochter mein,
Crimhilden, das sie kumb hieher,
230 Zv sehen ich sie iz peger.

Der ernholt get ab.

Sewfrid kumpt, naigt sich vnd spricht:

Grosmechtger küng, eurn künckling hoff
Hört preissen ich, so weit ich loff
In den landen hin vnde her;
Derhalb von herzen ich peger   [Bl. 344]
235 Pey eur küncling mayestat hoffdinst.

Künig Gibich spricht:

Den selbigen dw pey mir finst.
Was hoffweis pistw vntericht?

Der hüernen Sewfrid spricht:

Her künig, ich kan anderst nicht,
Den in dem krieg raisen vnd reitten,
240 Mit wüermen vnd mit lewten streitten,
Da mus alle gfar sein gewagt,
Küen, verwegen vnd vnferzagt.

Künig Gibich spricht:

Sag, pistw auch von edlem stam?

Der hüernen Sewfrid spricht:

Der hüernen Sewfrid ist mein nam,
245 Wie wol ich auch an stam vnd adel
Hab weder mangel oder zadel,
Alhie aber noch vnpekant.

Künig Gibich spricht:

Nun so gib mir darauff dein hant,
Das dw mir dienen wölst mit trewen.
250 Dein dienst solen dich nit gerewen. ·

Der hüernen Sewfrid pewt im sein hent vnd spricht:

Mein dinst, so vil ich kan vnd mag,
In höchster trew ich euch zu sag.

Der herolt pringt Crimhilden, des künigs dochter, die spricht:

Herz liebster herr vnd vater mein,
Warumb peruefstw mich herein?
255 Was ist dein wil vnd dein peger?

Künig Gibich, ir vater, spricht:

Mein dochter, sez dich zu mir her,
Ich hab zu frewd vnd wolust dir
Angeschlagen ainen thurnier
Mit allem adel an dem Rein,
260 Da wolt ich selbert auch pey sein,
Vnden auf vnser grün hoffwissen,   [Bl. 344']
Daran der Rein hart thuet hin fliesen.
Dw aber pleib in dem schlos hinnen
Vnd schaw zu oben an der zinnen,
265 Wie der adel thurniren thw.
Vnd dw, Sewfrid, rüest dich auch zu.
Thw mit anderm adel thurniren
In allen riterlichen zieren,
Meiner lieben dochter zu eren,
270 Ir frewd vnd frölikeit zu meren.

Der hüernen Sewfrid spricht:

Herr künig, das wil ich willig thon,
Doch ich kainen thurnier zeug hon.
Schaft mir ros, harnisch, schilt vnd glennen
Zum thurniren, stechen vnd rennen.

Künig Gibich spricht:

275 Kumb, mein Sewfrid, auf dein peger
Schaff ich dir ros, harnisch vnd sper.

Der künig get mit Sewfriden ab.

Crimhilt, des künigs dochter, spricht:

Das ist ein junger, kůner helt,
Der meinen augen wolgefelt.
Got geb im glück in den thurnier,
280 Das er in seiner riter zier
Thw er ain legen vůr ander all,
Das im der höchst danck haim gefall.
Da wil ich sten in stiller rw,
Dem thurnier allein schawen zů.

In dem flewgt der trach daher. Crimhilt sicht in, spricht:

285 Her got, wie ein grawsamer wurm
Flewgt daher mit erschreckling furm,
So gros vnd grawsam vngehewr!
Aus seinem rachen speit er fewr,
Er left sich herab aus dem lueft
290 Vnd schwingt sich zů der erden grueft,
Zů des schlos zinnen, eilt auf mich —
Hilff mir, her got, des pit ich dich.   [Bl. 345]

Der trach kumpt, nempt sie pey der hant, lauft eillent mit ir ab.
Sie schreit:

Vater vnd mueter, gsegn euch got!
Ich far hin zů dem pittern dot,
295 Lebent secht ir mich nimer mer.
Got gsegn dich, frewd, reichtum vnd er,
Ewr aller ich perawbet pin;
Ich far vnd wais doch nit wo hin.
Der trache get mit der junckfraw ab.

Der künig kumpt mit Sewfriden vnd dem
herolt geloffen, schlecht sein hent ob dem kopf zam, spricht:

Ach we mir, imer ach vnd we!
300 Nun wirt ich frólich nimerme,
Weil ich mein dochter hab verlorn;
Auf erd ist mir nichs liebers worn.
Iz ists mir hingfürt durch den trachen,
Der sie wirt schlinden in sein rachen.
305 Als ichs im lueft hin fůeren sach,
Ir cleglich stim mein herz durch prach,

2 *

Idoch ich ir nit helffen kund,
Pis der trach gar mit ir verschwund.
Nun sich ichs lebent nimer mer.

Der herolt spricht:

310 Durchleuchtiger kúng, pey meinr er,
Ich glaub, ir geschech nichs am leben;
Der trach der fúert sie wol vnd eben,
Sitlich, ganz hofflich vnd gemach
Flog durch den lueft der grawsam trach
315 Hin aufwerz gegen Orient,
Ainr grosen wúesten er zv lent.
So glawb ich warhaft wol, darinen
Wert man sie frisch vnd gesunt finnen
Sambt dem trachen, wer das derfft wagen.

Der kúnig Gibich spricht:

320 Mein erenholt, thw pald ansagen
Zw hoff, welcher sich vnterwint,   [Bl. 345']
Zw suchen das kúnicklich kint,
Vnd wo er sie von disem trachen
Lebent vnd gsunt kan ledig machen,
325 Des sol die liebste dochter mein
Darnach elicher gmahel sein.

Der húernen Sewfrid spricht:

Herr kúnig, last nit weiter fragen,
Mein leib vnd leben wil ich wagen
Vnd selb gegen Orient reitten
330 In die wúesteney vnd da streitten
Mit dem trachen, dem gifting, pösen
Vnd die junckfrawen von im lösen,
Eretten sie von dem verderben,
Oder selb willig darob sterben.
335 Ich wais die gelegenheit wol,
Da ich den trachen suechen sol;
Wan er in seinem flueg zv zoch
In der wúest eim gepirge hoch;
Dem selben wil ich eyllen zv
340 An alle rast, frid oder rw.
Ich hoff, got werd mir halten rúeck.

Der künig Gibich spricht:

Got geb dir darzv hail vnd glüeck,
Das dw den trachen legest nider,
Und dw mit frembden kumest wider
345 Mit meiner dochter, frumb vnd pider.

Sie gent all ab.

Actus 3.

Der trach füert die junckfraw auf, sie sizt vnd waint, wint ir
hent vnd spricht traurig:

Got, dir sey es im himel clagt,
Das ich, ain künicliche magt,
Sol nun mer pey all meinen tagen
Mein junges lebn mit wain vnd clagen
350 Alhie auf dem gepirg verzern,   [Bl. 346]
On alle woluest, freud vnd ern
Mit dem vergiften trachen schnöd,
In dieser trawrigen ainöd,
Da ich sich weder siech noch lewt!
355 Ach we mir imer vnd auch hewt!
Westen mich doch die prüeder mein,
Ein iber wagt das leben sein
Vnd macht mich ledig von dem trachen;
Ich red von vnmüglichen sachen.
360 Das ich nit pin mit dot verschieden!
So leg ich in dem grab mit frieden.
Mus so in forcht vnd sorgen sein
All augenplick des lebens mein.

Der trach spricht:

Edle junckfraw, gehabt euch wol,
365 Kain laid euch widerfaren sol,
Den das ir müst gefangen sein
Ein kurze zeit auf diesem stein.
Doch wil ich euch vor allen dingen
Genug zv essn vnd drincken pringen,
370 Pis das verloffen sint fünff jar

Vnd ain tag. Als den ich vürwar
Wirt wider zu aim jüngeling
Verwandelt werden gar geling,
Wie ich auch vor hin war mit nam
375 Geporn von küniclichem stam
In Kriechen lant, vnd pin durch zorn
Von ainr puelschaft verfluechet worn,
Pezaubert mit dewflischem gspenst
Zum trachen, wie dw mich iz kenst.
380 Drumb, mein Crimhilt, las dein vnmuet,
Pis diese zeit verlawffen thuet,
Als den wil ich dichs als ergezen,
In gwalt vnd künclich herschaft sezen.

Crimhilt, des künigs dochter, spricht:

Ach, so pit ich durch got allein,
385 Füer mich haim zu dem vater mein,
Pis dein pestimpte zeit verlauff.
Als den wil ich wider herauff
Zw dir, des schwer ich dir ein aid.   [Bl. 346']

Der trach antwort:

Nain, nain, von dir ich mich nit schaid;
390 Dw solt kain mensch auf erden sehen,
Pis das sich die fünff jar her nehen;
So wirt ich sein der erste man,
Den dw auf ert wirst schawen an.
Darumb schlewff in die hell herein;
395 Dw muest mein gefangene sein.
Der trach fürt sie ab.

Der hüernen Sewfrid
kumbt gewappent
vnd ret mit im selber:

Nun pin ich ie vier nacht vnd tag
Gangen, das ich nie ruens pflag,
Hab auch nit gessen noch getruncken;
In meinem sin las ich mich duncken,
400 Wie sich der trach da rein det schwingen
Auf das gepirg durch diese klingen

Mit des küniges dochter zart.
Got wöl mir pey sten auf der fart!
Das pirg ist gar vnmenschlich hoch,
405 Vnd sich hinauff kain wege doch.
Dort kumet her ain klainer zwerg,
Der mus mich weisen auf den perg,
Er treget auf ein reiche kron
Vnd hat kostliche klaidung on
410 Mit golt, thuet vil der klainat tragen.
Ich wil zv im, den weg in fragen.

Ewgelein, der zwerg, kumbt vnd spricht:

Sey gotwilkumb, hüerner Sewfrid,
Der all sein tag vil vnfals lied.

Der hüernen Sewfrid spricht:

Sag, weil dw mich pey namen nenst,
415 Von wannen her dw mich erkenst?

Ewgelein, der zwerg, spricht:

Sewfrid, dw pist mir wol pekant,
Ains künigs sun aus Niderlant;
Dein vater haist künig Sigmund,
Deinr mueter nam ist mir auch kund,   [Bl. 347]
420 Siglinga haist dein mueter schon.
Dw, mein Sewfrid, sag mir doch on,
Was suechstw hie in dieser wild,
Darin ich vor nie menschenpild
In dreyssig jaren hab gesehen?
425 Ich rat, thw dem gepirg nit nehen,
Wiltw nit leiden vngemach;
Wan darauff wont ain groser trach;
Dw pist des dods, pald er dich spüert.
Er hat ain junckfraw hin gefüert,
430 Ains künigs dochter an dem Rein,
Die wont hoch oben auf dem stein.
Der hüet er tag vnd nacht so ser,
Die wirt erlösset nimer mer,
Von herzen so erparmbt mich die.

Der hüernen Sewfrid spricht:

435 Von irent wegen pin ich hie;
Die junckfraw ich erlösen wil.

Der zwerg spricht:

Dw werder held, der wort schweig stil!
Fleuch, dw pist sunst des dodes aigen.

Der hüernen Sewfrid spricht:

Ich pit, thw mir den weg anzaigen,
440 Der auf den Trachenstain ist gon,
Ob ich der maget hüelff darson.

Der zwerg spricht:

O küner helt, es ist vmb sunst
Dein küner muet vnd fechtens kunst;
Der junckfraw auf dem Trachenstain
445 Kan nimant helffn, den got allain.
Darumb weich pald, rat ich in trewen,
Es müest dein junger leib mich rewen,
Dein kempfen wer ain kinder spil.

Sewfrid
grewft den zwerg peim part
vnd mit der andern hant das schwert, spricht:

Zaig mir den weg, oder ich wil   [Bl. 347']
450 Dir abhawen das hawbet dein,
Das sol dir zv gesaget sein.

Der zwerg spricht:

Mein herr Sewfrid, stil deinen zorn,
Dw küner helde auserkorn,
Ich wil dich weissen auf das spor,
455 Doch must den schlüessel holen vor
Pey aim rissen, haist Kuperon,
Ein groser, vngefüeger mon.
Mit dem aber mustw auch kempfen,
Sein kraft vnd macht im vorhin dempfen,
460 E er den schlüesel giebet dir.
In trewen rat ich, folg dw mir,
Ker vmb vnd rett dein junges leben.

Der hüernen Sewfrid spricht:

Den schlüesel mus er mir wol geben,
Er sey so vnfüeg, als er wöll,
465 Mit straichen ich in nöten söll,
Das er sich mir auf gnad mus geben.

Der zwerg spricht:

Ob dw ansigst dem riesen eben,
Mustw erst kempfen mit dem trachen,
Der verschlünd dich in seinen rachen.
470 Ich sach nie kain schrecklichern würm,
Geflüegelt mit grawsamen fürm,
Sein zen, die sint eyseren ganz,
Mit ainem giftig, langen schwanz;
Auch thuet er hellisch fewer speyen,
475 Vor im vermochstw dich nit freyen,
Dw müeftest vor im liegen dot.

Der hüernen Sewfrid spricht:

Zw hilff so wil ich nemen got,
Zw ueberwinden disen trachen,
Die schön junckfraw ledig zu machen,
480 Wan ich hab vor pey jungen tagen
Auch ainen trachen dot geschlagen,   [Bl. 348]
Hab auch zwen lebentig gefangen,
Pein schwenzen vbert mawer ghangen.
Derhalb weis mich nur zu dem riesen,
485 Da wil ich mein leben verliesen
Oder erlangen sieg vnd hail.
Wirt die zart junckfraw mir zu tail,
So sol sie mein gemahel sein,
Die weil ich hab das leben mein.

Der zwerg spricht:

490 Sewfrid, dw helt vnd junger mon,
Das selbig wil ich geren thon.
Doch wöllest mir verargen nit,
Das ich dir solichs wiederiet;
Wan ich det das in ganzen trewen.

18

Der hüernen Sewfrid spricht:

495 Ich hoff, es sol mich nit gerewen,
Fuer mich nur zv des riesen hol,
Ich wil in darzv pringen wol,
Das er mir thuer auf schliessen sol.
Sie gent all paid ab.

Actus 4.

Der ries Kuperon
tregt ain grosen schlüessel vnd sicht
obersich gen himel, spricht:

Es ist ain groser nebel hewt.
500 Was er halt wunderlichs pedewt?
Der trach ist gewest vngestüemb,
Er schewst vmb das gepirg herüemb
Vnd thwt alle winckel peschawen
Zv hvet vnd wach seiner junckfrawen,
505 Darzv ich doch den schlüessel hab,
Den mir sol nimant nötten ab.
Der trach der hat mich diese nacht
Vnrwig vnd munter gemacht;
Wil mich gen wider legen schlaffen,   [Bl. 348']
510 Die weil ich sunst nichs hab zw schaffen.
Der ries get ab.

Der zwerg vnd Sewfrid kumen. Sewfrid
klopft mit seiner streitaxt an, der zwerg
weicht. Der ries Kuperon spricht:

Wer klopft an meiner hollen on?
Harr, harr, ich wil pald zu dir gon.

Der ries springt heraus mit
seiner stehelen stangen vnd spricht:

Hör zv, dw junger, thw mir sagen,
Wer hat dich in die wiltnus tragen?
515 Warumb klopfst an meinem gemach?
Ich main, dw geest straichen nach,
Die soln dir werden pald von mir.

Der hüernen Sewfrid spricht:

Schlagens peger ich nit von dir,
Sunder wölst mir den schlücsel geben,
520 Das ich von dem hartseling leben
Die zarten junckfraw mag erlösen,
Von dem trachen, dem vberpössen,
Der sie wider recht helt gefangen
Nun etwas pey vier jarn vergangen,
525 Da ers küng Gibich hat genumen.
Schaw, ries, darum pin ich herkumen,
Die junckfraw wider haim zu pringen.

Kuperon, der ries, spricht:

Dw junger hach, schweig von den dingen!
Wolstw dich solichs vntersten,
530 Deinr hundert müestn zu poden gen,
E dw kembst auf den Trachen stain.
Zewch ab, mit trewen ich dich main,
Mich erparmet dein junges pluet,
Das seim vnglück nach suechen thuet.
535 Fleuch oder ich weis dir die stras.

Der hüernen Sewfrid spricht:

Hör, ries, von dir ich nit ablas,
Pis dw her giebst den schlüessel mir.   [Bl. 349]

Kuperon, der ries, spricht:

Peit, peit, i̧ wil ich geben dir
Den schlüessel, das das rotte pluet
540 Dir ueber dein haubt ablauffn thuet.

Der ries
schlecht mit der stangen nach
Sewfrid, springt aus dem straich, zugt sein
schwert. kempfen mit einander, dem risen ent=
pfelt sein stangen, er puckt sich, er geit im ain
straich, der ries lauft Sewfrid an vnd spricht:

Dw junger helt, da mustw sterben,
Von meiner hant elent verderben.

Der hüernen Sewfrid spricht:

Ich hoff, got werd mir pey gesten,
Das dw selb must zu drüemern gen.

Sewfrid drift den riefen wider,
der left die ſtangen fallen, lauft in die hollen.
Sewfrid ſpricht:

545 Nun kumb heraus vnd weer dich mein,
Oder pring mir den ſchlüeſel dein,
Das ich kum zů der junckfraw ſchon,
So wil ich dir kain laid mer thon.

Der ries
kumpt mit aim ſchilt
vnd helmlin vnd ſchwert, ſpricht:

Harr, ich wil dir den ſchlüeſel geben!
550 Dw mueſt enden dein junges leben,
Ich wil dich ſelb lebendig fahen
Vnd dich an ainen paumen hahen
Dir zů ewigem hon vnd ſpot.

Der hüernen Sewfrid ſpricht:

Vor dir wol mich pehüeten got!
555 Mit des hilff hoff ich mich mit ern
Mich dein, des dewffels knecht, zů wern,
Der dw peſchloſſen haſt die magt.
Derhalb ſo ſey dir widerſagt.

Sie ſchlagen wider ainander, pis
der ries felt vnd ſchreit: [Bl. 349ʹ]

O helt, verſchon dem leben mein,
560 So wil ich dein gefangner ſein,
Wil geben dir mein ſchilt vnd ſchwert,
Die ſind wol aines landes wert,
Ich wil ſein dein leibaigner mon.

Er reckt paid hent auff.
Der hüernen Sewfrid ſpricht:

Ja, ries, das wil ich geren thon,
565 Doch ſchleus mir auf die pfort am ſtain,
Das ich die junckfraw zart vnd rain
Dem gifting trachen, vngefüeg,
Mit dem kampf abgewinen müeg.

Der ries Kuperon ſpricht:

Das wil ich thon, verpiut mir ec,
570 Dein wunden thun mir alſo we;

Darnach so wil ich mit dir gon.
Vnd was ainr dem andern hat thon,
Das sol nun als verziegen sein.

Der hüernen Sewfrid
verpint im
die wunden mit eim facilet, spricht:

Ja, das ist auch der wille mein.

Sie pietten die hent einander,
der ries zaigt im ein ort vnd spricht:

575 Schaw, sichstw diese stauden dorten?
Da selb ist des gepirges pforten,
Darein get ein stigen warlich,
Wol acht klafter dieff vnter sich.
Erst kumb wir zv der pforten gros,
580 Darfor ain starck eyseren schlos,
Das wil ich den auffsperen dir.
Ich folg dir, ge dw hin vor mir.

Sewfrid spricht:

Erst thw ich mich von herzen frewen,
Mich sol kain müe noch arbeit rewen,
585 Das ich nur die zarten junckfrawen
Mit meinen augen an sol schawen.   [Bl. 350]

Sewfrid get vor on, der ries nach,
zuckt sein schwert, schlecht Sewfrid
nider. Das zwerglein würft sein
nebel kappen auf Sewfrid, der ries
wil in erstechen, kan in nit sehen, spricht:

Wo ist mir dieser held verschwunden?
Ich thet in vberhart verwunden,
Das er mir für die fües det fallen.
590 Das ist mir ain wunder ob allen,
Das ich in nirgent sehen kan,
Ich wolt in geren gar abthan.

Der ries suecht hin vnd wider,
der zwerg richt Sewfrid auf,
der wüerft die nebel kappen von
im vnd lauft den riesen an, schlecht
sich mit im, pis der ries felt.
Sewfrid spricht:

Dw trewloser man, nun muest sterben,
Kain mensch sol dir genad erwerben.

Kuperon, der ries,
reckt
paid hent auff, spricht:

595 Schon meinem lebn, dw kůner degen,
Wůrgst mich, so mustw dich verwegen
Der schönen junckfrawen, glaub mir;
Vn mich so kan kain mensch zv ir.

Sewfrid spricht:

Der junckfraw lieb, die zwinget mich,
600 Das ich mus lassen leben dich.
Pald ge vor an vnd sper vns auff
Den Trachenstain, das wir hinauff
Kumen zv der junckfrawen zart,
So darauf ligt gefangen hart.

Der ries
stet auf vnd nembt
den schlůeissel vnd spricht:

605 Dw dugenthafter junger mon,
Das will ich willig geren thon,
Ich merck, dw pist von edlem stamen.
Nun wollen wir gen paidesamen
Vnd aufschliessen den Trachen stain,   [Bl. 350']
610 Das dw, ich vnd das zwerglein klain
Zv der junckfrawen gent idoch
Etwas auf dawsent staffel hoch
In dem holen pirg hin vnd wider,
Pis wir die erentreichen pider
615 Eraichen auf des pirges spiz,
Da sie in grosem vnmuet siz
Vnd wartet des grawsamen trachen,
Der sich pald zum gepirg wirt machen,
Der junckfrawen zv fůert mit fleis
620 In seinen klappern tranck vnd speis.

Der hůernen Sewfrid spricht:

Nun ge for an mit wenig worten
Vnd entschleus vns des pirges pforten,

Das wir pald kumen zů der zarten,
Die ist auf ir erlossung warten,
625 Das sie kum zů irn eltern schir,
Des wil ich sein pehilfflich ir;
Darzů wól got auch helffen mir.

Sie gent alle drey ab.

Actus 5.

Die junckfraw Crimhilt
get ein,
sezt sich trawrig vnd spricht:

Ey, wil sich got den nit erparmen
Vber mich gar ellenden armen?
630 Mus hie in diser wiltnus pleiben,
Mein junge tag in laid vertreiben
Pey dem grewlich, grawsamen trachen,
Der mein hüet tag vnd nacht mit wachen,
Vor dem ich abent vnd den morgen
635 Auch meines lebens mues pesorgen.
Wen hor ich herauf gen allain
In des gepirges wendel stain
Darain doch kam kain mensch vürwar
Von iz an pis ins virde jar?

Der ries Kuperon get ein mit
dem hüernen Sewfrid vnd zwerg.
Die junckfraw gesegnet sich, spricht:

[Bl. 351]

640 Ach, Sewfrid, wer pringt euch daher?
Ewer leben stet in gefer
Vor dem greulichen grosen trachen.
Der wirt sich gar pald zů her machen,
Die sun stet auf dem mitag grat;
645 Darumb flicht pald, das ist mein rat.
Solt euch widerfaren ein leit,
Das rewet mich meins lebens zeit;
Drumb flicht, sagt vatr vnd mueter mein,
Ich mues ewig gefangen sein,
650 Das man sich mein verwegen sol.

Der hüernen Sewfrid spricht:

Küngliche magt, gehabt euch wol,
Ich wil euch von dem grosen trachen
Mit gottes hilff frey ledig machen
Oder wil darob willig sterben.

Der ries
zaigt im ain schwert
an der erden vnd spricht:

655 Wen dw wilt hie den preis erwerben,
So mustw nemen jenes schwert;
Wan kain waffen auf ganzer ert
Mag diesen trachen machen wund,
Den jenes schwert, thw ich dir kund.

Sewfrid puckt sich das schwert auf
zv heben, der ries schlecht wider
auf in.
Sewfrid
nembt
das schwert vnd spricht:

660 Ach dw mainaidig, trewlos mon,
Kanstw deiner vntrew nit lon?
Nun mustw sterben, es ist zeit,
Dreymal hastw prochen dein eid.

Die junckfraw wint ir hent,
sie schlagn ainander, pis der ries felt.
Sewfrid
würft in pey aim pain vberab, spricht:　　　[Bl. 351']

Nun fal vber des pirges joch
665 Auff etlich hundert klafter hoch
Vnd zerfall dich in dawsent stüeck.
Vnd hab dir alles vnglüeck!

Er kert sich zv der junckfrawen, spricht:

Ach junckfraw, nun seit wolgemuet,
Ich hoff, es werd nun alles guet.
670 Verwegen meinen leib ich wag,
Vngessen pis an virden tag.

Der zwerg get ab.

Die junckfraw spricht:

Ach, ewer zukunfft ich mich frew.
Ich danck euch aller lieb vnd trew,
Das ir vmb mein willen kumbt her
675 Vnd gebt euch in dodes gefer.
Nun, hilft mir got durch euch darson
Haim zu lant, so wil ich euch hon
Füer meinen elichen gemahel,
Mein trew euch halten fest wie stahel.

Der zwerg
pringt ain güelden schalen
mit confect vnd spricht:

680 O strenger helt, ich kan ermessen,
Weil ir so lang nichs habet gessen,
Wirt euch nun gen an kreften ab.
Der halb ich euch hieher pracht hab
Kreftig confect, mit thut euch laben.
685 Ir wert nit lang zu rwen haben,
Wert kempffen müesen mit dem trachen,
Der sich palt wirt dem pirg zu machen.

Der hüernen Sewfrid isset ain wenig.
Die junckfraw schreit:

O, ich hör den trachen weit dawsen
Hoch in den lüeften einher sausen
690 Ser vngestüm vnd vngehewr,
Vnd speit aus seinem rachen fewr.   [Bl. 352]
Darumb fliecht, werder helde, ser,
Oder stellet euch zu der weer.

Der zwerg nembt die schalen, spricht:

O, kumbt der trach, so pleib ich nicht!
695 Der angst schwais mir ob im auspricht,
Ich pin im vil zu schwach vnd klain,
Wil phalten mich in holen stain.

Die junckfraw spricht:

Mein held Sewfrid, nun flihet auch
Vor des trachen fewer vnd rawch
700 Vnd verstecket euch auch mit mir,
Pis sich der giftig rawch verlir.
Da flihens alle drey.

> Der trach kumpt, speit feur, lauft hin
> vnd her. Palt er verschossen hat, lauft
>   Sewfrid auf in, der trach reist im
>   den schilt vom hals, stöst in vmb,
> lauft über in hin. Sewfrid fert auff,
> schlecht auf den trachen, pis er felt, den
>   wirft er auch hinab vnd er felt vor
>   amacht vmb. Die junckfraw kumbt,
> sizt zv im, legt im sein kopff in ir schos, spricht:

Nun mües es got geclaget sein,
Ist abgeschiedn die sele dein
Vor müede vnd groser amacht!
705 Mein lieb dich in den vnfal pracht.

>   Das zwerglein kumbt vnd schawt
>   zw Sewfriden vnd spricht:

Ach junckfraw, der helt ist nit dot,
Er ligt in amacht groser not.
Gebt im nur dieser wuerzel ein,
So wirt er zv im kumen sein.

>   Die junckfraw geit im die wurz.
>   Sewfrid sizt auf vnd spricht: [Bl. 352']

710 Wo pin ich, vnd wie ist mir gschehen?
Ich kan schir weder hörn noch sehen.

>   Die junckfraw
>   halst vnd küest in, spricht:

Mein Sewfrid, seit keck vnd getröst,
Ich pin durch euer hant erlöst,
Des habet danck vnd ewig preis!

>   Der zwerg spricht:

715 Auch habt ir erlost gleicher weis
Mich vnd mein hoffgsind in dem perg.
Ich pin ain küng vbr dawsent zwerg;
Vns pezwang der ries Kuperon,
Das wir im mustn sein vnterthon.
720 Nun sint wir auch ledig vnd frey,
Got vnd euch preis vnd ere sey!

>   Der hüernen Sewfrid stet auf vnd spricht:

Wolauff, nun wöllen wir auf sein,
Eillen gen Wurmes an den Rein,

Zo eurem herr vater Gibich,
725 Der wirt sich frewen herziclich.

Der zwerg Ewglein spricht:

Sewfrid, ich wil das glaid euch geben
Vnd euch die strassen weissen eben
Aus dieser grosen wüesteney,
Die weil sie gar vnwegsam sey,
730 Wil darnach vůrfarn in weng dagen,
Küng Gibich eur zůkunft ansagen.

Der hüernen Sewfrid spricht:

Nun walt sein got, so wöl wir frey
Mit frewdn haimreitten alle drey.
Die weil dw hast des gstiren kunst,
735 So sag dw mir aus trew vnd gunst,
Wie es mir gen, vbl oder wol,
Vnd wie lang ich auch leben sol,
Auch wie ich nemen werd ain ent.

Der zwerg
schawt auf an das gestirn, spricht: [Bl. 353]

Das firmament nichs guts erkent.
740 O küner helt, dw rewest mich,
Das stiren, das zaiget auf dich,
Dir wert die junckfraw zum weib geben,
Pey der werstw nur acht jar leben.
Nach dem werstw im schlaff erstochen,
745 Das doch auch entlich wirt gerochen
An den vntrewen mördern dein.

Der hüernen Sewfrid spricht:

Nun, was got wil, das selb mus sein,
Wolauff! nit lenger wöll wir peitten,
Gen Wurmes an den Rein zů reitten.
Sie gent alle drey ab.

Künig Gibich
get ein mit seinem herolt,
sezt sich trawrig vnd spricht:

750 Ach got, erst pin ich ellent gar,
Weil ich pis in das virde jar

3*

Mein dochter Crimhilt hab verlorn,
Die von eim wurm hin gfüert ist worn,
Die ich vileicht sich nimer mer.
755 Das kumert mein gmahel so ser,
Das sie auch starb vor herzenlaid.
Also hab ichs verloren paid.

      Der zwerg Ewglein kumbt vnd spricht:
Her künig, nun seyet getröst!
Eur dochter ist vom trachn erlöst
760 Durch Sewfriden vor kurzer stund,
Die kumet iz frisch vnd gesund.

      Künig Gibich spricht:
Dis sind die aller liebsten mer,
Der ich nie hab gehört, pis her
Mein liebe dochter war geporn.
765 Laug pald her stiffel vnd die sporn,
Das ich meinr dochter entgegn reit.

      Der zwerg spricht:
Herr künig, vngemüet seit,
Sie sint schon vnden in dem schlos   [Bl. 353']
Paide ab gestanden von ros,
770 Sie kumen gleich paide zumal
Herawff in den küncklichen sal.

      Sewfrid fürt Crimhilden ein.
      Der künig
      get in entgegen, vmbfecht
      sein dochter vnd spricht:
Pis mir wilkumb, o dochter mein!
Wie vnausprechlich grose pein
Hat seit mein herz vmb dich erlieden,
775 Des auch dein mueter ist verschieden.

      Der künig
      peut Sewfriden die hant, spricht:
Sewfrid, dw dewrer helde mein,
Fürpas soltw mein aiden sein,
Wie ich dir den verhaisen hab,
Als dw zw Wurmes schiedest ab.

780 Sag, wie vnd wo dw haſt geſunden
Mein dochter, vnd auch ueberwunden
Den trachen, dw mein lieber aiden.

Der hüernen Sewfrid:

Des wil ich euch ornlich peſchaiden,
Das ir ſolt hören groſe wunder.
785 Iz aber ſind wir müed peſunder,
Müeſen auſruen. Nach wenig tagen
Wil ich von ſtüeck zu ſtüeck euch ſagen,
Mit was geſer ich hab geſtritten;
Auch was eur dochter hab erlitten
790 In den vier jaren bey dem trachen,
Wirt ſie euch alles kuntpar machen.

Künig Gibich ſpricht:

Nun es iſt guet, heint habet rw!
Morgen wol wir rat ſchlagen, dw
Vnd wen wir hochzeit wollen halten
795 Vnd wuniclicher frewden walten
Mit allem adel an dem Rein,
Mit frawen vnd junckfrewelein.
Nun kumet zum nachtmal herein!

Sie gent alle ab.

[Bl. 354] Actus 6.

Der hüernen Sewfrid get ein mit
Crimhilden, ſeiner gemahel,
ſizen zwſamen, vnd ſie ſpricht:

Sewfrid, herz lieber gmahel mein,
800 Nun pin ich dein, ſo piſtw mein,
Nun ſchaid vns nimant den der dot.
Lob ſey dem almechtigen got,
Der dir gab ſolich macht vnd kraft,
Vnd das dw wurdeſt ſigehaft
805 Am groſen rieſen Kuperon,
Den muſt zum virden mal peſton,
Auch das dw ueberwundſt den trachen,

Dardurch dw mich thest ledig machen
Von meiner elenden gefencknus,
810 Greulichen, hartseligen zwencknus.
Sag, von wan kam sterck vnd kũnheit?

     Der hüernen Sewfrid spricht:

Mein Crimhilt, wis mein haimlikeit,
Das ich hab wol zwölff manes sterck
Angeporner art, darzo merck:
815 In mainer jugent sich zo trueg,
Das ich auch ain trachen erschlueg,
Den ich hernach verprent mit fewr.
Von diesem trachen vngehewr
Zerschmalz das horn, flos wie ein pach,
820 Mit dem schmirt ich mein leib hernach,
Tarson mein hawt ist hart wie horn.
Derhalb ich also kũn pin worn
Gegen riesen, helden vnd wüermen
Mit kriegen, kempfen vnd mit stüermen,
825 Das meins gleichen nit lebt auf ert.

     Crimhilt, die kũngin, spricht:

Sagt man doch von aim helden wert,
Der wan zo Peren im Welschland,
Der selb herr Dietrich sey genand,
Hab auch erschlagen vil der recken,
830 Den kũnig Fasolt vnd den Ecken,
Die Rũcz vnd auch ries Sigenot.

     Der hüernen Sewfrid spricht:

Ja, das ist war, doch wolt ich got,
Das her kõm Diterich von Pern;
An dem wolt ich mein kraft pewern,
835 Hoff, er wer mein eren an schaden.

     Crimhilt, die kũngin, spricht:

Wiltw, so wil ich lassen laden
Hie her gen Wurmes an den Rein
Den Perner vnd den maister sein,
Nemlich den alten Hilteprant,
840 Der listig ist mit mund vnd hant;

Der geit dem Perner weis vnd ler,
Das er mit kampff ein leget er.

Der hüernen Sewfrid spricht:

Ja, lad in her in Rosengarten,
Da wil ich sein mit kampff erwarten.
845 Schreib im, so wirt er nit auspleiben;
Kůnheit vnd hochmuet thuet in treiben,
Das er sich hat in seinem leben
Oft in gros gferlikait ergeben.

Crimhilt, die künigin spricht:

Nun so wil ich schicken zů hant
850 Zů im den herzog aus Prabandt,
Der wirt den handl ausrichten wol.

Der hüernen Sewfrid spricht:

Mitler zeit man zů rüesten sol
Den obernanten Rosengarten;
Mit höfflikeit nach allen arten
855 Sol man klaiden das hoffgesind,
Das der Perner geschmücket sind   [Bl. 355]
Alle ding nach küncklicher art.

Crimhilt, die künigin, spricht:

Nun kumb, so schick wir auf der fart
Mein vetern, herzog aus Prabant,
860 Hin gen Peren in Welschelant,
Zů pringen diesen künen helt,
Den dw zů kampf hast auserwelt.
Sie gent paide ab.

Künig Gibich get ein, sezt
sich nider vnd spricht:

Die dochter vnd der aiden mein
Haben peschrieben an den Rein
865 Her Dietrich von Peren zů kumen;
Wais nit, ob es in raich zů frumen.
Nun, ich mus es lassen geschehen
Vnd darzw durch die finger sehen.

Die sach sicht mich nit an für guet,
870 Weil nichs guetz kumbt aus vbermuet.

Der künig get ab.

Her Dietrich von Pern get ein mit seinem wappenmaister, dem
alten Hilteprant, vnd spricht:

Hör zu, mein wapmaister Hiltprant:
Crimhilt, die küngin, hat gesant
Von Prabant den herzogen her
In potschaft, vnd ist ir peger,
875 Das ich gen Wurmes kumb an Rein
Vnd sol alda kempfen allein
Mit Sewfrieden, der woll mein warten,
Irm gmahel, in dem Rosengarten.
Wie retstw? sol ich dahin reiten?

Der alt Hilteprant spricht:

880 Ey, habt ir doch zu allen zeiten
Gefochten nur nach preis vnd eren,   [Bl. 355']
Gefochtn, eur rum vnd preis zw meren!
Warumb wolt irs iz vnterlasen?
Macht euch fürderlich auf die strasen,
885 Ich selber wil auch reitten mit.

Der Perner spricht:

Retstus, so wil ichs lassen nit.
So las vns palt satlen zway pfert,
Nem schilt, helm, harnisch vnd das schwert,
So wollen wir noch hewt auf sein,
890 Reitten gen Wurmes an den Rein.

Sie gent paid ab.

Crimhilt get ein mit Sewfrid vnd spricht:

All ding verornet ist aufs pest.
Kemen nur palb die werden gest!
Wan ich der zeit kaum kan erwarten,
Wie ir paid in dem Rosengarten
895 So riterlichen werdet kempfen.
Thustw mit kampf den Perner dempfen,

So wirt dein lob erhöhet werden
Vber all held auf ganzer erden.

Der hüernen Sewfrid spricht:

Ja, ich hoff solichs auch zu enden,
900 Doch stet es als in gottes henden;
Derhalb der sieg stet auf der wal.
Ich wil gen in den innern sal.

Der hüernen Sewfrid get ab.

Der Perner kumpt vnd sicht im nach,
kert sich zu Crimhilt vnd spricht:

Fraw künigin, ir habt mir gschrieben,
Von Pern mich her gen Wurmes trieben
905 Vnd mir ain kampf gepoten on
Mit küng Sewfriden, eurem mon,
Den ich izund kumb zu volenden
Mit helden reichen, künen henden.

Crimhilt pewt im die hant, spricht: [Bl. 356]

Ja, mein edler Dietrich von Pern,
910 Durch diesen kampff wil ich pewern,
Ob ir oder mein gmahel wert
Der künest helt sey auf der ert;
Dem selben von mir werden mus
Ein vmefang vnd süeser kues
915 Vnd auch ein rosen krenzelein.

Dietrich von Pern spricht:

Der kampf sol zu gesaget sein;
Sagt in nur eurem herren an.

Crimhilt spricht:

Ja, küner held, das wil ich thon.

Die künigin get ab.

Der Perner spricht zum Hiltprant:

Izund thuet mich pey meinen trewen
920 Des kampfs zusagen haimlich rewen,
Die weil Sewfrid ganz hürnen ist,
Das ich sorhin nit hab gewist.

Darumb wolt ich von herzen gern,
Ich wer wider da haim zu Pern.

Der alte Hiltprant spricht:

925 Ei, wie ein schentlich verzagt mon,
Der Sewfriden nit wolt peston!
Wo man das saget in dem lant,
Des het ir gros laster vnd schant.
Wolt got, ich het euch nie gesehen!

Der Perner spricht:

930 Wie darfftw mich so schentlich schmehen?
Weil dw mir sprichst solch spot vnd hon,
So gib ich dir auch deinen lon.

Perner zeucht von leder, schlecht Hiltprant nider, get zornig ab.

Der Hiltprant stet auf vnd spricht:

Mein herren ich erzürnet hab,
Der ein so harten straich mir gab.   [Bl. 356']
935 Ich habs nit on vrsach gethon,
Den kampf er dardurch gwinen kon.

Hiltprant get ab.

Crimhilt,
die künigin, kumbt vnd sezt sich nider, spricht:

Ich wil mich sezen in die rosen,
Dem kampff da zu sehen vnd losen.

Künig Sewfrid
kumbt gewappent vnd get auf vnd ab, spricht darnach:

Wie lang mus ich im Rosengarten
940 Auf den Dietrich von Peren warten?
Ich main, er sey worden verzagt,
Der vor manchen kampf hat gewagt.

Dietrich von Pern kumpt vnd spricht:

Ich wil dir kumen noch zu frw;
Darumb, Sewfrid, rüest dich darzw.
945 Mich hat verachtet auch Hiltprant,
Hat wol entpfunden meiner hant,

Das er vor mir geſtrecket lag,
Das dir auch wol pegegnen mag.

>   Der húernen Sewfrid ſpricht:

Piſtw ſo kún, drit zv mir her,
950   Las ſchawen, wer dem andren ſcher.

Da kempfens mit ainander, Sewfrid dreipt den Perner vmb,
Hiltprant ſicht haimlich zv vnd ſpricht gemach:

Herolt, ge, pring das pottenprot,
Perner hab mich geſchlagen dot.

>   Der Herolt
>   drit auf den plan, ſchreit:

Ir herren, laſt den kampff in rw,
Pis ich ain wort verkúnden thw:
Hiltprant der alte, der iſt dot,
Seiner ſel wol genaden got,   [Bl. 357]
Den ſein aigner herr hat erſchlagen,
Den wil man iz zv grabe tragen.

>   Der Perner ſpricht:

Iſt dot der wappenmaiſter mein,
Den ich erſchlueg von wegen dein,
Sol es dir auch nit pas ergon.
Wer dich mein, erſt pin ich ain mon
Vnd ergrimet in meinem zorn,
Dw muſt ſterben, werſt lauter horn.

Da ſchlagens wider einander, Sewfrid weicht hinter ſich, flewcht
entlich der kúngin in ir ſchos, die wúerft ein thún túechlein vbr
in vnd ſpricht:

965   Perner, piſt ein thuegenthaft mon,
So wirſtw hewt genieſen lon
Meinen herren der freyheit gros,
Weil er mir ligt in meiner ſchos.
Verſchan ſeins lebens im allein,
970   Er ſol nun dein geſangner ſein.

>   Dietrich von Pern ſpricht zornig:

O nain, das thw ich nit, pey got,
Weil mein maiſter Hiltprant iſt dot,
So las ich in auch leben nit,
Darfúer hilft weder fleh noch pit.

Er zuckt das schwert, in zu erstechen.
Der alte Hiltprant
kumpt vnd spricht:

975 Mein herr Dietrich, last ewren zorn,
Ich pin wider lebentig worn,
Hab mein dot dir kund lasen thon,
Darmit dein zoren zündet on,
Das von dir ging fewer vnd dampff,
980 Dardurch dw oblegst in dem kampff.

Der Perner went sich vmb, spricht:
Nun sey got lob zv diser stund,
Das dw noch pist frisch vnd gesund!   [Bl. 357']
Frid sey vnd iderman verziegen,
Weil ich thet riterlich gesiegen
985 Vnd den preis hie erfochten han.

Er pewt Sewfriden die hant, richt in auf, der spricht:
Dietrich, dw tugenthafter mon,
Hab danck, das dw mir schenckst mein leben.
Dein kraft hab ich erfaren eben,
Hab nun erkennet auch dein trew,
990 Deinr freuntschaft ich mich hoch erfrew.

Die kfingin
peut im die hant, spricht:
Herr Dietrich, lieber herre mein,
Nembt hin das rosenkrenzelein,
Darzw mein vmefang vnd kues.

Sie sezt im den kranz auf, vmbfecht in, geit im einen kues.
Herr Dietrich von Pern spricht:
Erst mich mein kampf nit rewen mus;
995 Ju frawen dinst so pin ich gern.
Nun wöl wir widerumb gen Pern
Reitten. Got geb euch seinen segen
Jzund, forthin vnd alle wegen
Vnd las euch got mit freuden leben.

Der húernen Sewfrid spricht:
1000 Wir wollen euch das glaid naus geben
Vnd ons weiter zwischen ons peden

Mit ainander freuntlich pereden,
Was wir mit kampf vnſr tag erleben.

Sie gent alle ab.

Actus 7.

Güenther, Gernot vnd Hagen, 3 prüeder Crimhilden, gent ein,
vnd Güenther ſpricht:

Hort zv, ir lieben prüeder mein,
1005 Wir ſint verachtet gar allein
Von vnſrem ſchwager, dem Sewfrid,
Der achtet vnſer aller nit.
Vnſer ſchweſter hat in erwelt,   [Bl. 358]
Mit ſchmaichlerey er ſich auch helt
1010 Zw Gibich, vnſerm vater alt,
Vns ſün vertringet mit gewalt.
Als was er thuet iſt wolgethon,
Vns leſt man wie die narren ſton,
Als ob wir wern nit künigs ſüen.

Gernot, der ander prueder:

1015 Jr prüeder, ſey wir nit ſo küen,
Das wir dieſen Sewfrid austreiben,
Laſſen alſo zv hoff in pleiben
Mit ſolchem gwaltigen anhang?
Es ſey geleich kurz oder lang,
1020 Stirbt vnſr her vater in den mern,
So wirt er gewies künig wern;
Wan er hat ſchon in ſeiner heut
Wol halb das künclich regiment.
Rat, wie man dem fürkumen ſol.

Hagen, der trit prueder, ſpricht:

1025 Er iſt nit auszwtreiben wol,
Die weil er vnſer ſchweſter hat;
Ob im helt küncklich mayeſtat.
Wie, wen vnſr ainer an der ſtet
Jn ain kampf in auf fordern thet,

38

1030 Vnd das sich den das glůeck zů trůeg,
Das ainer in im kampf erschlůeg?
So kům wir sein mit eren ab.

Gůenther, der eltst prueder, spricht:

Darauff ich wol gesunen hab.
Welcher wil aber mit im kempfen,
1035 Der in wis in dem kampf zů dempffen,
Die weil sein hawt ist lauter horn
Vnden vnd oben, hindn vnd forn?
Allain zwischen dem schnelter plat
Zwayer span prait waich flaisch er hat
1040 Da selb ist er allain zů gwinnen.   [Bl. 358']

Gernot, der ander prueder:

Lang hab ich dem auch nach thůn sinnen.
Ir průeder, es ist gwis die sag,
Das Sewfrid almal vmb mitag
Hinaus spaciret in den wald,
1045 Legt sich zů ainem prunen kald
Jns gras, in die wolschmeckendn plumen,
Thuet darin allain schlaffn vnd schlumen.
Da möcht man in haimlich erstechen
Vnd den zů hoff mit eren sprechen,
1050 Sam hettens die mörder gethon.

Hagen, der drit prueder, spricht:

Prueder, den fůerschlag nem wir on;
Wir wollen fleissig auf in sehen
Vnd pey dem prunen in auspehen,
Darpey wil ich in selb erstechen
1055 Vnd vns drey průeder an im rechen.

Gůenther spricht:

Da wollen wir zam schwern ain aid,
Ich vnd darzů ir alle paid,
Gernot vnd dw, prueder Hagen.

Sie legen die finger auf ein plos schwert.
Hagen spricht:

Nun, dise that die wil ich wagen,

1060 Doch schweiget darzu alle stil.
Heut ich die sach noch enden wil.

Sie gent alle drey ab.

Der hüernen Sewfrid
kumpt in kunicklichem gewant, legt sich, spricht:

Ich wil mich legen zu dem prunen
Hie an den schatten von der sunen,
Vnter die linden, an den rangen,
1065 Den schmack der gueten wuerz entpfangen
Vnd liegen da in stiller rw.
Wie senft gent mir die augen zu!   [Bl. 359]

Die drey prueder kumen, die zwen deuten auf Sewfrid.
Hagen schleicht hinzu, sticht den dolich im zwischen die schueltern,
wuerft den tolich hin, Sewfrid zabelt ain wenig, ligt darnach stil,
vnd Hagen, sein schwager, spricht:

Nun hat auch ain ent dein hochmuet,
Der vns fort nit mer irren thuet.
1070 Nun wollen wir zu hoff ansagen,
Wie Sewfrid sey mörtlich erschlagen
Von den mördern pey dem prunen;
Da hab ain jeger in gefunen.

Sie decken in mit reysig zw, gent ab.

Crimhilt,
die künigin, get ein mit dem herolt vnd aim jeger, spricht:

Man hat zw hoff gesaget on,
1075 Wie das mein lieber herr vnd mon
Dot lieg pey diesem prunen kalt.
Ich hoff, es hab nit die gestalt.

Sie decket das reis ab, spricht:

Da ligt mein lieber herr, ist dot;
Das sey dir claget, lieber got!

Sie sincket auf in niber, halst vnd kuesset in, spricht:

1080 Ach dw herz lieber gmahel mein,
Der dw aus trew das leben dein
Vür mich gewaget hast in dot,
Das dw mich lösest aus der not!

Verfluechet sey die mördisch hent,
1085 Die dich ermördet an dem ent,
Die dich hat in dem schlaff erstochen.
Wilt got, es pleibt nit vngerochen.

Sie ersicht den tolich, hebt in auf vnd schawt in, spricht:

Der tholich noch da liegen thuet,
Der ist geröt mit seinem pluet; [Bl. 359']
1090 Er ist Hagen, des prueders mein,
Der wirt meins gmahels mörder sein
Sambt sein prüedern, die im an mas
Haben tragen gros neid vnd has
Von wegen tuegent vnd redlifeit,
1095 Der er sich hilt zv aller zeit,
Hilt auch die stras sawber vnd rain,
Straffet das vnrecht gros vnd klain.
Dis mort wil ich vor meinem ent
Rechen mit meiner aigen hent
1100 An mein prüedern, solt ich drum sterben,
So müesens auch am schwert verderben.
Nun tragt den dotten leib hinab,
Das man in künicklich pegrab.
Nun wil ich fort ainig allein
1105 Laittragen vnd ein witfraw sein,
Die weil ich hab das leben mein.

Sie tragen den dotten ab, die küngin get trawrig hinach,
darnach alle in ordnung.

Der ernholt peschlewst:

¶ So habt ir gsehen vnd gehort
Die histori mit dat vnd wort.
Zumb pschlus so wil ich euch vermonen
1110 Die art in gemelten personen:
¶ Erstlich zaigt künig Sigmund nun:
Eltern, so ein vnghraten sun
Haben, den ist gar we vnd pang,
Fürchten mit im posen ausgang.
1115 ¶ Zumb andren deut Sewfrid die juegent
On zuecht gueter siten vnd tuegent,

Verwegen, frech vnd vnferzaget,
Die sich in all gferlikeit waget.
¶ Zumb dritten zaigt das zwerglein on
1120 Ainen dinsthaft getrewen mon.
¶ Zumb virdn der ries pedeuten ist
Ein man, wanckel, vntrewer list.   [Bl. 360]
¶ Zw dem fünfften so zaigt an der trach:
Ain herschaft, die in aller sach
1125 Nur fert mit freffel vnd gewalt,
Die wirt mit gleichem werd pezalt.
¶ Zum sechsten deut Dietrich von Pern
Ain füersten, der strebet nach ern,
Treibt kain schinterey vmb reichtum,
1130 Helt sich gerecht, aufricht vnd frum.
¶ Zum siebenden der alt Hiltprant
Vns ains trewen hoffmans ermant,
Der aim füersten pey wonet stet
Durch trewe that vnd weyse ret.
1135 ¶ Zum achten Crimhilt, das schön weib,
Dewt ein weib, das der fürwiz treib
Zw manchem hochmüetigen stüeck;
Der kumbt vil vnraz auf den rüeck.
¶ Zum neunten dewtn ir prüeder das:
1140 Ein düeckisch gselschaft vol neid vnd has,
Die anrichtet vil vngemachs.
Vor der phüet vns got, wünscht Hans Sachs.

Die person in die tragedj:

Der herolt   1
Künig Sigmund im Niderlant   2
Der hüernen Sewfrid, sein sun   3
Dietlieb } zwen füersten, seine ret 4
Hortlieb }   5
Künig Gibich zv Wurms am Rein   6
Crimhilt, des künigs dochter   7
Her Dietrich von Pern   8

Anno 1557, [Bl. 360ʼ] am 14 tag Septembris.

1134.